GIOVANNI ANDREA

NEGROTTI

Io esisto

Poesie

Youcanprint *Self-Publishing*

Titolo | Io esisto
Autore | Giovanni Andrea Negrotti

ISBN | 978-88-91166-42-5

Youcanprint Self-Publishing
Via Roma, 73 – 73039 Tricase (LE) – Italy
www.youcanprint.it
info@youcanprint.it
Facebook: facebook.com/youcanprint.it
Twitter: twitter.com/youcanprintit

PRESENTAZIONE

In questo tempo è difficile se non impossibile poter dire quali scrittori o poeti daranno il proprio nome alla storia di questo secolo, vista la numerosissima presenza di autori che rappresentano la nostra letteratura contemporanea e moderna. Quali opere e autori passeranno alla storia? Che resterà delle loro pagine o dei loro versi? A queste domande rispondo con un breve componimento di Giuseppe Ungaretti:

"Di questa poesia

mi resta

quel nulla

d'inesorabile segreto"

Giuseppe Ungaretti

Ma è vero anche, e in questo mi rispecchio, quel che sommariamente riassumo di un discorso del poeta Giorgio Caproni;

In ogni poeta che si reputi nato tale l'unico lavoro concepibile nella direzione della poesia, è quello fondamentale ed eterno nella primordiale fatica; tentare con le proprie forze di scoprire l'attinente intima natura, la specifica vera anima, il modo più approssimativo possibile per esprimere tale spirituale essenza con sincerità.

3

" Io esisto" è per me un paesaggio limpido e delicato, la raccolta che propongo in versi liberi, nasce nelle ore in cui la luce è più pura e con arte fatta di chiarezza, con ordine mentale scaturiscono i presupposti del bello, del puro, del vero come massima espressione della creatività. Le parole nascono, poi trasmutano, perdono di significato primordiale e ne acquistano nuovo, cambiano i modi, le immagini rinascono in quella vita semplice e inconsapevole che consente anche a chi non è più fanciullo di scoprire con nuovo stupore i palpiti d'amore, le riflessioni, i pensieri. Per creare attorno alla vita quell'atmosfera primitiva di emozioni, sensazioni ed immagini dirette, uso la parola più particolare, quella più suggestiva, trasformando il metodo classico della poesia in poesia moderna, al di fuori degli schemi finora trattati, rompendo i ponti con la tradizione, rifiutando ogni costrizione di metri, sillabe, ritmi e rime, rivendicando la piena libertà espressiva. Questa nuova raccolta racchiude opere di recente creazione ma anche sperimentazioni sulla sonorità, sul metodo e opere di qualche anno addietro di particolare significato. Il lettore moderno non deve mettersi limitazioni, anzi, si pone qui un livello popolareggiante ma con parallelismo a metodi più dotti, trovando ampi consensi da definire la mia opera di Qualità.

La raccolta " IO ESISTO" ha anche un valore umanistico come dice il titolo, una denuncia quindi aldilà, della sempre più crescente diffusione della vita virtuale attraverso il web, " io esisto, come ferro piegato ..." , esistere in tutte quelle cose odierne, nelle relazioni, negli affetti, nella famiglia, nel lavoro, nello svago. L'esistenza umana vissuta nel reale dove si tocca con mano quella vita che è prossima a noi, che a volte ci reclama e ne siamo lontani, rapiti da quella corsa ad apparire quello che non siamo nascosti da verosimili maschere di profili dove però riversiamo le nostre angosce, le nostre paure, oppure le tendenze sessuali represse.

Questa raccolta vuole essere quel riprendere a vivere di vere emozioni, quella voglia di avere ancora qualcosa per cui valga la pena lottare, quel scoprirsi capaci di piangere per un verso sottile che ci solleva come una mano tesa.

GIOVANNI ANDREA NEGROTTI. (Gan)

A MIO PADRE GRANDE ESEMPIO DI UMILTA'

La mia esperienza sulla poesia

(un poeta nel cuore della vita)

La mia poesia nasce libera, spontanea, chiara, proprio perché non ha bisogno di essere ricercata e perdere la sua efficacia, è una poesia diretta, immediata, come sono le emozioni che trasferisce.

Le persone che leggono le mie poesie devono immedesimarsi, trovarsi, devono scaturire in essi le stesse emozioni che io provo quando le creo. Le poesie si apprezzano di più se sono comprensibili e d'effetto.

Le mie poesie sono un percorso interno comune a tutti gli esseri umani, semplici parole che non sminuiscono la capacità intellettiva di chi ci si avvicina. La definizione di "POETA NEL CUORE DELLA VITA" rivela appieno la ricerca e rivalutazione dei "VALORI".

Il mio stesso immedesimarmi in persone o situazioni particolari mi porta, data la mia alta sensibilità, ad entrare con delicatezza negli animi. La poesia per me e' come mettere al mondo delle creature che hanno un loro percorso da fare, di conseguenza esse hanno bisogno d'incoraggiamento, di rassicurazione perché il loro viaggio vada a buon fine. Il mio percorso poetico vagisce nei primi anni scolastici, seppur embrionali poemi avevano già quel senso di emotività, frasi che volevano essere di conforto e di piacere nel leggerle, regalare un sorriso, un'emozione far riflettere.

Tutti scrivono, ma non tutti continuano a scrivere, alcune persone scrivono in momenti particolari della loro vita, o per un dispiacere, per disagio, per incomprensione, ma qui si fermano poiché la vita scorre ci si confronta con nuove esperienze e quello scritto rimane unico, solitario.

Ma il VERO, poeta và oltre, vede nella profondità dell'animo e l'ispirazione bussa alla sua mente, egli e portavoce di chi non riesce a esprimere i sui sentimenti, la sua sensibilità.

E' narratore dei fatti, del quotidiano che nessuno vede nel veloce svolgersi del giorno, egli si siede ad osservare con calma ciò che le sta attorno e lo rivela in una maniera quanto più sentita.

Il poeta scrive le sue impressioni, emozioni, le sue vicissitudini che poi si riflettono sulla vita di ognuno, ed ecco l' immedesimarsi e riconoscersi in alcuni versi.

La capacità dei poeti è tale da far si che nell'elencare luoghi, profumi, rumori si abbia la sensazione di essere lì presenti, e anche nel dolore si ha l'impressione di viverlo, come nelle manifestazioni di gioia, di amore.

Questa è la magia della poesia,

la poesia che io scrivo ha sopratutto l'intento di far riflettere sui valori della vita, l'amore e del bene comune dell'umanità, dentro i versi vi sono infatti esperienze impersonali, personali o fatti di attualità che ci portano a pensare a come viviamo e come vorremmo vivere.

Giovanni Andrea Negrotti (Gan)

Indice

PRESENTAZIONE 3

La mia esperienza sulla poesia 9

A te scese 17

Abbraccio 18

Alba 19

Attraente 20

Azzurra notte 21

Bosco degli amanti 22

Del mare la Dea 23

Digiuno 24

Donna 25

Dulcis in fundo 26

E poi si cambia 27

Ecco 28

Eccoti luna di mezzo cielo 29

Sinfonie 30

Ego 31

Estate 32

Facile 33

Fanciullezza 34

Fedifraga 35

Fiume 36

Funambolo 37

Giaccio tra le viole 38

Notte silenziosa 39

Ho forgiato 40

Ho sentito 41

I lunghi giorni 42

I tuoi occhi stranieri 43

Il solitario. 44

Il tuo sorriso 45

Imbrigliare 46

Io da solo 47

L'attesa 48

La candela 49

La fine 50

La notte dei desideri 51

La rete 52

La sete...53

Un lusinghiero gioco 54

Lasciandolo andare 55

Libera anima 56

L'inquietudine..57

Luna gitana 58

Mi è cara la notte 59

Nido dell'anima 60

Occhi...61

Passaggio 62

Pensieri erotici...63

Perché preoccuparsi del mondo...64

Piove vento 65

Piove 66

Pomeriggio d'amore 67

Primavera 68

Tornare sui passi..69

Questa notte...70

Rapsodia 71

Reazione 72

Risveglio mistico 73

Romantiche notti 74

Seduzioni 75

Io esisto..76

Sei venuta a prendermi 77

Serpe..78

Sirena nella notte 79

Lapidazione...80

Sopra il cielo di Auschwitz 81

Spietata notte 84

Statua...85

Stella cadente 86

Tempo d'estate..87

Ti adoro..88

Tra gli ulivi...89

Tracce di poesie dipinte...90

Treno 91

Tu sei...92

Venere 94

Violino solitario..96

A te scese

A te scese
China sul volto;
Baci freddi
nella tua infermità stanca.
Fugaci sguardi ...
dal tuo letto di dolore,
Momenti brevi di meditazione.,
dai vetri della finestra
un volo incrociato e sicuro
di uccelli neri.
Affidasti l'involontaria inerzia
a quel volo, sfrecciando in aperti spazi.

91114

Abbraccio

Butti giù i tuoi capelli, i miei pensieri
oggi ; più di ieri;
son rari e veri i tuoi sguardi seri,
affondo radici sul quel che dici,
sono lusinghe la mia pelle sotto le tue unghie.
Mordo il cuore affamato come una belva assetato d'amore.
Adoro perdermi nei tuoi occhi; disfarmi,
sempre inermi.
Son giorni e giorni passati come infermi
in un'attesa che spero si trasformi in un sussulto,
in un abbraccio, in un semplice saluto.

2514

Alba

Ecco! Il giorno inizia mentre ancora sognante dormi
e ti osservo;
Qual è il sogno che t'inquieta?
Che ti accende una smorfia e poi un sorriso,
che ti rende luminoso il viso?
Le tue gambe;
sono dune che muove il vento
sotto la veste,
i tuoi seni sode colline; ahi donna!
Ti acquieti deliziosa e mesta;
odo, due piccioni tubare alla finestra.
Ahi donna!!
Hai il corallo sulle labbra,
La brina sugli occhi;
aspetti che io ti tocchi.
Solo un bacio, una lieve carezza,
a svegliarti sarà solo una tiepida
dolce brezza.

17214

Attraente

Ammiro le tue gambe, i tuoi fianchi,
i tuoi piedi; come radici libere.
Li prendo tra le mani, li massaggio dolcemente,
tengo le tue redini puledra selvaggia,
mi sproni e disarcioni,
ma in questo istante perdi le ragioni.
Sei persa, calma nel respiro lento, affannato;
Ti ho tra le mani arresa, come la notte si arrende al sole
e sei fiore, germoglio, gemito d'amore.

17214

Azzurra notte

Eccoti tra il fogliame azzurro della notte
distesa sul prato ornata d'ovatte;
via, si va per sentieri e fratte col passo di fretta
prima che la luna si getta nel tenebroso mare,
prima che io possa te amare.
Ed è un passo;
in un tempo di danza
un lasso,
un minuto,
siamo al debutto;
guardiamo le stelle,
le nuvole,
leggiamo le favole belle.
Eccoti tra l'azzurro, tra sogni e sprazzi di cielo;
tra euforie da pazzi.

2514

Bosco degli amanti

Danza sui cristalli di luna,
porta essenze, buon vino.
La luna nuova accompagna i tuoi movimenti,
folletti e ninfe danzano con te.
Non porti che una bianca veste
quella solita delle feste.
Canta con la tua voce d'usignolo
creatura divina non v'è più bella di te.
Guarda i miei occhi non tradire la mia pelle
tra questi alberi tra i muschi e licheni
vieni, vieni a consolar le mie pene d'amore.
I fauni e le fate bruciano incensi
l'orgia è aperta.
Ma tu, sei mia; creatura perfetta!

18614

22

Del mare la Dea

Io porto la carezza alla battigia
ma non so amare,
rendo terso o in tremendo uragano il mare;
poi lo quieto come per mistero.
Io posso la vita e la morte,
ne porto ministero.
Non distinguo il buono dal severo;
soffio su risa e canto di sirene
che al mio cospetto s'infrangono sulle scogliere.
Spazzo vascelli o galere
portandomi ogni volta più distante;
Sono Dea;
sfida dell'incosciente navigante!

2014

23

Digiuno

Ho fame dei tuoi sogni,
dei miei sogni;
perché senza sogni
sto a digiuno!
Ho fame!
Della tua bellezza,
della tua trasparenza,
della tua essenza.
Vago solitario nel buio;
vago alla ricerca del tuo spirito.
Non so se ho ancora fame
o solo un vago ricordo
è che pensando te
dimentico di sfamarmi.

2414

Donna

(ieri, oggi,domani)
Tela incompiuta degli anni passati
ti generò un angolo oscuro
che sapeva di fiori,
tra pieghe di memoria a forma di foglia.
Non mi stancherò di cercarti
Tra mille rivoli di vita,
di gioventù,
in quelle stanze d'argento
dove dormono ricordi di un'estate
con le mani colme di stelle.
Sei lieve canzone vagabonda notturna
che cede all'albeggiare.
Hai rugiada negli occhi,
un po' di dolore nel viso;
spunti poco a poco dalla tela,
fioriscono i tuoi silenzi disperati,
schiariscono le tue penombre tenere, indifese.
Seme di poesia che nasce dal fiore sacro degli anni giovani,
tenero iris di una primavera assoluta.

101014

Dulcis in fundo

Hai impastato con le tue mani
questo amore
hai imbandito la tavola per me
e abbiamo mangiato
pezzi di cuore
fantasie di carezze.
Abbiamo brindato con frizzanti
schietti baci
e il dulcis in fundo.
eri tu!

2014

E poi si cambia

E poi si cambia, dalla puerizia alla pigrizia,
si cambia per il corso della vita,
come un tratto a salti di matita.
Si cambia come un treno alla stazione;
evitando le fermate senza nessuna esitazione.
E poi si cambia atteggiamento
per evitare di sbattere il mento,
si cambia con la moglie, coi figli,
si cambia; in ogni momento.
Si cambia come il vento sui gigli,
con la paura dei conigli,
si cambia opinione, colore stemma o religione,
senza nessuna ragione.
E poi si cambia, al semaforo rosso
voler vivere a più non posso,
ma si cambia e non sei tu
a decidere come e quando
a cambiarti ci pensa il mondo.

11-06-14

Ecco

Ecco... Saltellante, dritta,
Ridi forse... Sogghigni...
O canti su note di violini
Balli...sui tavolini,
Scappi... Torni... ...
Ti stendi su di me...
Rabbrividisco... Mi nascondo
Poi in un secondo...esco
A berti a inondarmi di te
Folle pioggia che danzi
Su di me.

171114

Eccoti luna di mezzo cielo

Eccoti luna di mezzo cielo
di prima sera
le lucciole imitano le stelle
in un vortice di fumo
nebbia o respiro della terra.

Folle la falena
si uccide su di un lampione,
anche io confusi
una luce per amore.

1414

Sinfonie

Ed ecco da che un suono vibra nella mia anima...
Quel suono sei tu, che dolce muovi le corde,
che fai risuonare vecchi concerti ormai dimenticati
nelle primavere passate
che si son perduti nel fogliame accartocciato degli autunni.
Ma tu hai risvegliato quella melodia
che troppo stanca era ormai sepolta ,
hai creato nuove sinfonie che si rivelano a me
ne fanno vibrare la pelle sino a farmi sentire
tutto il vigore della gioventù.

2014

Ego

Forse nel tempo che tu mi amasti,
io discepolo del mio ego vagavo;
apparsi a te,
che ignorasti la mia esistenza.
Fu vano il tentativo di comandare al cuore
"Ancora no!"
Ostentasti a paragonarmi a un Dio in terra
Ma ero solo; un uomo.
Tacqui mentre sopprimesti il tuo amore,
mentre rinnegasti le mie creature.
Nel tetro silenzio
s'ibernarono i nostri ultimi baci,
si ghiacciarono le ultime lacrime,
si coagulò il sangue rendendo sode le vene.
Forse nel tempo che mi amasti;
fui già guarito dalla malattia dell'amore.

2012

Estate

Improvvisa l'aria gracidante;
Via, via, ronzano le api,
solitario calabrone,
eccitato ascolta i cardellini in amore;
ecco l'estate,
trionfa sui pascoli sgualciti
di maestrale
con tocchi di sole.

2014

Facile

Facile ascoltare il vento
ma io non lo ascolto
lo sento.
Mi parla della tua pelle
quando la baciai...
sotto le stelle,
lasciammo un orma
sulla sabbia
dove le ombre
presero forma.
I baci di mirto
e io steso
ma non morto.
Le unghie profanarono
la carne
e morsi sulle labbra
che implorarono.
Sapeva di sale
la porta dell'eros
e chiusi gli occhi
al candido sole.

20814

Fanciullezza

I sorci rosicchiavano l'intelletto
mentre nei meandri della mente
ricompariva l'aria salubre di pineta,
ricordo di un infanzia sgangherata.
Mi inebriava l'odor di resine e corteccia,
avventuravo su navi corsare per luoghi immaginari;
tornavo sempre su di una zattera malconcia
in cerca di un approdo.
Tornavo, di continuo col mio bottino
alla mia traballante fanciullezza.

2009

Fedifraga

Ho avuto di te baci e carezze
E la tua bocca vorace
Mai la tua vulva
Relegata solo a tuo marito
Cornuto, contento e tradito.
Eppure eri un gran pezzo di F...
Femmina!

2014

Fiume

Lasciamo scorrere questo fiume,
tutto si lascia scorrere,
tutto sarà respiro
fino al momento in cui ci sarai.
Finirà il mio cammino di vagabondo
dove finirà la luce,
dove finirà il respiro ...
auspico che sia ricordo,
energia,
fiume che scorre,
braccio forte ...
corpo che non si arrende.

2414

Funambolo

Talvolta sul filo di un'attesa,
in un bacio sperato,
in una grazia concessa
si incespica la vita.
L'equilibrio è uno stato del sobrio
ma è bello esser barcollanti ubriachi d'amore.
Poi con un sorriso affrontare i postumi.

2014

Giaccio tra le viole

Gioisco di questa pasqua di colori
anco se nel cuor ho un rostro che mi tormenta.
Le schermaglie e i riti della primavera mi fan sentire che la vita
e' vera
tra le dolcezze di sguardi languidi di donna
e il profumo d'erba il ricordo del verno
si riserba e tornan le rondini al lor nido
e per un momento dimentico il grido,
un urlo smorzato da cotanto sole e giaccio sul prato tra le viole.

2014

Notte silenziosa

Qua la notte e solo un passo lento e morbido
sotto i sepolcri del giorno
e le vette son torri silenti
dove la luna fa capolino
tra stelle tramanti....
Si ode il crepitio del cero
che schivo tende ad esimersi
e non trovo più luce
per i miei versi.
E si che dannata ho la notte
perché geme di pensieri
che tuonano nell'emisfero
come voce tonante
dell' infero.
E scrosto il silenzio per farlo respirare
e il suo alito è gelido
non ha che un solo suono
di vuoto, di spente note
in una silenziosa notte!
2014

Ho forgiato

Ho forgiato l'armatura con la pazienza del tempo,
tu spezzi la mia lancia e insieme ogni ostilità,
par che io esca da scorza aprendo gli occhi al giorno,
ho piacere della vita nel vedere te per prima cosa.
La natura che tutto fece in ogni parte
poi del tutto la più bella scelse, e sei tu fra le più eccelse.
Mi chiedo come posso amare i tuoi feroci cambiamenti?
Dico che se avessi le unghie lacererei il cielo per adornare di
sole la vita.

2014

Ho sentito

Ho sentito nelle vibranti opere del maestrale
l'intaglio deciso dello scultore del tempo.
Nella vastità del cielo ho notato
un crearsi di nuove creature
un delinearsi di orizzonti mai nati
pronti a varcare la soglia dell'immaginazione.
Ho sentito poi, un lieve calore
e un palpito provenire dalla terra
esò che sei viva madre.

6314

41

I lunghi giorni

Sono giorni di passione dove ogni Cristo porta la sua croce,
cattolico, ortodosso, buddista o musulmano.
Tutti aspettano il porgere di una mano;
si anela pace e serenità per tutti gli uomini di buona volontà,
e' questo il fondamento per ogni sentimento.,
sono tempi di malignità sacrificando agnelli senza nessuna
pietà.
L'umano sacrificio; ogni uomo crocefisso
senza che un qualunque Dio lo abbia chiesto.
Sono lunghe ore che diverranno anni, sempre più cupi i cuori,
sempre più poveri gli uomini di valore;
Si sentiranno smarriti sentendo i morsi del male,
e i loro cari sempre più lontani, le guerre, i soprusi, le offese,
e sempre meno mani tese.
Si adulano schermi e idoli in passerella,
ma nessuno cerca più la smarrita pecorella.
Non v'e' un sentiero ormai sicuro, non ci si può fidar
di girare a piedi quando e' scuro.
Agli angoli di strade in periferia donne corpulente
con poca fantasia, offrono la lor dignità per qualche giorno di
polente.
Or chiedo a voi che mi leggete di pensare un attimo al presente,
vogliate rifletter con veemenza e se potete, fate penitenza.

2011.

I tuoi occhi stranieri

I tuoi occhi stranieri
solcano leggeri
le stazioni di ieri,
dicono, che la mia poesia
sia inopportuna;...
ma se era per te, era pur per qualcuno.
Se la vita sapesse...
me ne andrei lontano.
Tu sola sai che l'estasi
t'ha un giorno legata
alla mia essenza
e che la mia poesia
è imprigionata nel culmine
del tutto.

011014

Il solitario.

La mia mente era così addormentata
dentro il muro della solitudine
priva di ragione.
Demente, al margine umano
vivere non tanto per se
ma per la manchevolezza di esistere.
La vita confusa dalle inquietudini Morali,
dolorosa,
che a pensarci si rinnova la paura...
così dolorosa;
che la morte lo è solo un po' di più.
Destino intenso di chi si adopera
al proprio fine.
Almeno una benigna sorte,
vascello di fortuna
dove amore mi apra Il cuore
e l'anima ritorni alla sua dimora.

2013

Il tuo sorriso

Il tuo sorriso squarcia il mio viso
tenebroso e stanco
ho ancora una smorfia di dolore
a questo tormento
ne giova il cuore
che compie un salto
manca
la tua mano
sulla guancia
e si fa tramonto la sera
acceso d'arancia.

2013

Imbrigliare

Imbrigliare il coraggio...
il non volere
sostenere lacrime
affanni,
maledire la vita
catarro, saliva.
io il padre
e tu figlio,
sento la vita
all'inverso.
Nodo stretto di cappio
al gozzo.

19814

Io da solo

Io, da solo, poesia,
una storia, un racconto,
una gloria che mai sia.
Io, da solo mi basto e m'avanzo
le avventure sono il mio pranzo.
Le vie intrecciate sono alberi,
sono vite rovesciate.
I sogni? I sogni sono quelli
di ieri;
belli di sempre, vissuti già mai.
Io, da solo, la favola,
la filastrocca,
lo spirito che vola.
Io da solo, il vecchio e il bambino,
l'ovatta e la rocca.

110614

L'attesa

Nelle mani un desiderio nascosto,
una carezza proibita,
un illusione mancata.
Nel cuore un Amore antico, mai espresso, taciuto.
Là dove l'anima ha il suo nido si spengono i sogni di felicità,
nel silenzio del mondo in attesa
del rinnovato rito dell'innamorarsi come attesa di una pace,
di una primavera,
scollegati dalla realtà.

13012010.

La candela

Quando sciroglievi le vesti era inebriante la tua pelle,
il tuo calore fondeva la mia anima,
bruciava l'incenso,
la candela e baci tremendi, morsi leggeri.
Anche noi ardenti
sciroglievamo
come la cera
come la nebbia al sole.
Lentamente, inesorabilmente ...
Danzavano i corpi
in sequenze di movimenti
ardevamo e amavamo
quei nostri momenti;
soli a spiegarci l'anima.

2414

La fine

La fine
non più legami
fredda luna
fumo.
La quercia nel cortile...
un albero senza radici
in volo verso l'azzurro,
il cielo non è alto,
la terra è morbida.
Il cerchio comprende tutto,
la luce, la sua ombra,
il nulla.

291014

La notte dei desideri

Lo sciacquio dell'acqua,
frenetico arpeggiare,
forme si incarnano nel liquido
sinuose e nude,
come la notte spogliata di stelle,
come il pane fresco del mattino;
nuda come nasci donna dal respiro materno,
dallo spazio eterno,
come l'acqua che nasce nuda.

2014

La rete

Non so dove porgi il tuo cuore
dove volgi il tuo sguardo,
so che sono rimasto impigliato nelle tue calze a rete.
Non sono un pesce scaltro
mi perdo sempre nell'oceano dei tuoi occhi
mi attrae il tuo lucente Amo
mi incantano le tue vibrazioni.

010314

La sete

La sete più atroce
in una notte
di caldo
e non avere
i tuoi baci!...

060714

Un lusinghiero gioco

L'amore è un lusinghiero gioco
premi il pulsante del tuo cuore e inizia la tua partita.
Amore è un lusinghiero gioco che si gioca in due
senza esclusione di colpi
dove non sono ammessi frustrazioni o compromessi.
L'amore è un lusinghiero gioco e quando la partita finisce
non ci sono né vinti né vincitori.
L'amore è un lusinghiero gioco
premi il pulsante del tuo cuore.

251114

Lasciandolo andare

Lasciandolo andare
si torna all'origine,
nessun vento tocca la sua ombra,
la musica è cessata
ci si sperde nel nulla...
ad affrettarsi ad un sostegno
alla mia porta bussa la luna.

301014

Libera anima

Ti bacio sulle sponde di un'infelice lago di pensieri argillosi
che appesantiscono l'anima e ne forman la corazza.
Tu! con forza provi a strapparla per liberare
quell'anima del poeta
che potrà salire al cielo limpido
di un sogno che non avra' mai fine.

2009.

L'inquietudine

Nella natura sta l'inquieto vivere dell'uomo
Il mare coi continui cambiamenti
La terra con le viscere infuocate.
Il cielo coi suoi turbamenti
Questo in natura par essere normale;
Ma l'uomo vive nel tormento
Per la ragione di essere di esser
Egli stesso l'artefice di questo turbamento.
Più spesso si pone la domanda esistenziale
Cerca un Dio che lo possa salvare.
Egli può giungere ad ogni compromesso
Ma non trovar pace con se stesso.

080712

Luna gitana

Si dovrà pur vedere nel suo lento peregrinare
quel volto alabastro tra nubi e foschia,
giunge appena la sua luce opaca sui cigli delle strade,
sotto i portici, sulle panchine arrotolate di cartone,
dentro una bottiglia di rosso
dove altre vite attendono inventandosi la vita.
Nei campi di riserva
attorno ai focolai
danzano le ragazze Rom e un violino piange
per chi non vedrà il sole di domani.

26-01-2010.

Mi è cara la notte

Ti addormenti sulla mia schiena
Aggrappata in balia dei sensi,
boa al largo sotto la maestralata.
Dormi coi seni nudi sulla mia pelle
Nei sussulti dei nodi, dolce ninna nanna.
I respiri, i tuoi capelli, il rossetto,
le tue mani; ancorate al mio petto.
Mi è cara la notte dopo l'amore
Ti stende il viso come petali al sole
Un cenno di sorriso infinito.
Fluttua nell'aria ancora appesi
Alle labbra inconsce, gemiti
Di lussuria.
La notte trema di stelle
Ed il tuo corpo arreso al piacere
Di fragranti emozioni
Appagato nei sensi.

090714

Nido dell'anima

Nelle mani un desiderio nascosto,
una carezza proibita,
un illusione mancata.
Nel cuore un Amore antico,
mai espresso, taciuto.
Là dove l'anima ha il suo nido
si spengono i sogni di felicità,
nel silenzio del mondo
in attesa del rinnovato rito dell'innamorarsi
come attesa di una pace,di una primavera,
scollegati dalla realtà.

130110.

Occhi

Occhi ...
fieri, selvaggi
di oggi e di ieri.
Come ampolle
come bolle.
Solitari
severi come militari
acconsenzienti
col sorriso tra i denti
come fendenti
nei miei
che luccicano
abbagliati
remissivi.
occhi
temerari
attraversano i mari.
Potrò vederli nella luce
nel giorno che stupisce
nel freddo che ferisce
forse solo un desiderio
un bramato sogno
un timido disegno
un dipinto d'autore
una pena del cuore.

2014

Passaggio

Passaggio, acqua che suona
vibrante
sulla tua pelle, sulla mia,
mani furiose sul viso
dolci sui seni
mi appari tra lampi
mi scuoti tra tuoni...
suoni,
le voci,
le croci
e noi crocifissi al cielo
che piange,
che dipinge
che vibra,
che ruba tempo e sonno.

4414

Pensieri erotici

Stanotte ho sognato la tua presenza nelle pupille
La tua mano affusolata e diafana
Toccava la mia anima
Profumavi di gelsomino
E il sole imbandiva il cielo
Di piccole nuvole
Ed erano tutti i miei pensieri erotici
Svaniti con te all'alba.

25214

Perché preoccuparsi del mondo

Perché preoccuparsi del mondo?
Tempio illusorio
di illusoria guarigione
della sua malattia.
Viene sempre il canto nervoso del vento...
gelida aria, di gioie furtive.
Io la notte canto alle stelle
nel giardino dei limoni,
alla fredda luna,
alle lucciole.
L'anima non ha movimento
nella luce,
la quercia è spoglia,
ogni fragranza,
ogni colore
è svanito,
eppure i venti
scuotono le radici
e s'infiora a primavera.

301014

Piove vento

Piove vento
rinfresca il calore
di questa lunga estate.
L'alba sbuccia la mia ruvida pelle,
accarezza la tua profumata,...
una goccia di luce, di miele,
Improvvisa illumina la tua
segreta valle,
s'apre il cuore e lacrima
stille incolore,
le dita disegnano la tua ferita
come un sorriso,
come frutto che fiorisce
e inonda questo cielo
un esercito fuggente di emozioni.

221014

Piove

Piove sulle salate coste,
sulle nostre teste.
Piove sulle colline,
piove sulle spine
dolenti,
sulle valli aulenti.
Piove sui nostri cuori alianti,
sui bastimenti.
Piove dai miei occhi,
sui tuoi ginocchi.
Piove sui viali e sulle nostre ali.

231009.

Pomeriggio d'amore

Ancora mille volte mi darei a te
7 mila volte ancora sino a non finire
E sfiderò inverni e calure
sempre l'anima concepirà energia per te.

2013

Primavera

Hanno taciuto le gazzarre degli uccelli
quando lo schiocco del mio bacio ti raggiunse il cuore.
Fremevi ondulando insieme alle canne dello stagno,
il vento imbiancava le tue labbra;
soccorsi così a legarti nel mio abbraccio,
il tuo profumo era di primavera.

2013

Tornare sui passi

Quando torni su quei passi
non seguire le tue orme
fai che la mente dorme
non camminare sui sassi.
Non sporgerti sui cigli
prepara
con cura i tuoi giacigli.
Non sperare su una passione
spendi un soldo per una canzone,
tieni lontano la mano dal cuore
impoverito
lascia che sia lui a guidarti
il suo istinto
anche se fosse un cammino irto.
Cullati nei giorni di vento
spezzati nel tempo dell'avvento.
Crea o rifletti
dai senso in quello che metti.
Sempre l' anima ascolta il flusso
del sangue
l'energia che non si estingue

2014

Questa notte

Questa notte,
questa finestra aperta,
la pioggia sperata;
l'anima persa quasi rapita da fantasmi
che invadono i logori sogni
come cenci orfani,
rintocco di campane ...
vento le guida
l'ora è alta
il sonno fuggito;
ancora un vagito,
fumo, nostalgia,
una strana nevralgia
al cuore che conta le ore
e poco a poco muore
sdraiato su una spina
è l'anima supina
tornata dal suo vagare
il corpo al suo vangare.

4414

Rapsodia

Muovi passi verso me
cerchi con le dita il mio petto
come frugare tra le spine
concitata,
folle,
gambe mi fasciano,
braccia mi allacciano,
bocca mi affronta ...
Estasi.

120614

Reazione

Ho voluto aggrapparmi a quel cencio di dolore
per capire se potevo vivere senza il tuo amore,
ho voluto andare incontro alla lancia che poteva spezzarmi il
cuore,
ma l'ho elusa,,, chiedendomi quale fosse il tuo valore.

2013

Risveglio mistico

Risveglio mistico
Tuono divino scuoto le tue orecchie,
ruggisco nella tua solitudine,
penetrante,coraggioso come il mare
infrango i sensi
che circondano il tuo castello,
trono esalato nel mio corpo e anima;
canto di uccelli richiamano belle melodie,
parole accurate che convincono
che adornano il tuo sentire,
muta,risuoni qui nel mio desiderio.
Versi di maestosità,
come il vento forte sulla mia fronte
sentirti sussurrare nelle orecchie
come pioggia;
affina la tua parola,che mi cinge.
Ascolto la tua voce, lo faccio,
desidero un "TI AMO!".

130614

Romantiche notti

Romantiche notti
Di stelle cadenti
di coccole suadenti

di fiori raccolti
romantiche notti
di carezze sui volti

di violini gitani
romantiche notti
nel cercarsi di mani.

20-12-13

Seduzioni

Quando s'incontrano le anime
Suonano magiche armonie.
Si accendono piccoli fuochi segreti,
dolci attenzioni e ammiccanti sorrisi.

È un lasciarsi levigare il cuore
Che par molle e cedono le paure
Il volto arrossa e il respiro trema.

È un spalancarsi di finestra a primavera
Un cullarsi sotto fronde
Un seguitar di onde.

21-12-13

Io esisto

Io esisto come ferro piegato
come legno intagliato;
un marchio.
Io esisto come strumento
vibrante;
basta che mi tocchi
e suono in ogni momento.
Io esisto
materica opera evocativa,
scivolata su sussurri
di luce filtrata.
Io esisto come composizione
di una fuga
aperta a possibili cambiamenti.
Esisto come volontà
di tenere insieme
I pezzi tagliati!

(poesia dedicata a Sara Onnis) attestato di merito al concorso
" Chi ama le emozioni" ass.culturale " Le muse" Siliqua. 2013

Sei venuta a prendermi

Sei venuta a prendermi
L'ago della bussola sembra impazzito
Non riesce a dare una precisa direzione
Una prevedibile indicazione.

Esperienze nuove impegnano la tua mente
Tolgono la possibilità
Al ricordo.

Il ricordo è come filo che ti lega a me
ormai riavvolto a gomitolo.

Sei venuta a prendermi
Ed io ero già con te.

Serpe

Serpe?! Perché mi attraversasti la strada?!
E ti contorci ora, maledicendo, come budello spasmodico.
Serpe! Ti calpestai la testa e tu mi bestemmiasti,
io ignaro che le nostre vie si incrociassero
tu ignorante che la tua vita finiva quel di,
lasci a me; lasci a me,
a me, la tua pelle,
liscia e fredda...come la morte.
Gan.2007

Sirena nella notte

Corridoio di pensieri
voci stridono
sul calpestio
dalle ringhiere
un ringhiare
su una finestra
un fazzoletto bianco
sul ballatoio un rantolo della notte
e tutto tace prima dell'alba
scorre un lampo blù
e una sirena accesa.
La morte non viene mai a piedi.
2014

Lapidazione

Sono la pietra scagliata...
la parola spezzata.
Il discorso interrotto ...
il pianto a dirotto.
Eppure il tonfo arrivò al mio cuore
anch'esso di pietra,
cademmo a terra e insieme a noi
altre pietre e sangue e sputo... e bestemmie.
Nel mio cuore di pietra
ho sentito lacerarsi la carne, disfarsi l'anima.
Sentivo ancora il caldo della mano che mi scagliò
nel pianto di pietà.
Sono la pietra lapidaria, sputata, macchiata
di un non voluto delitto.
Gan Poeta. 08-11-12

Sopra il cielo di Auschwitz

Sono un piccolo essere nato dal nulla,
non si sa chi siano i miei genitori,
sono figlio della morte dicono
Signora assoluta nel campo di sterminio.
Sono smunto, atrofico,
non sviluppo per mancanza di nutrizione.
Ho solo un pigiama a righe col numero 6243
che mi lasciò il vecchio sopra la mia branda.
Non parlo ma nei miei occhi si legge
la voglia di vivere, il desiderio, la volontà
Di sciogliermi da queste catene,
di rompere quel mutismo
che mi tiene dentro la tomba
ancor prima di essere morto.
A me è negato l'ingresso nel mondo degli uomini
perché un bambino lo può fare solo quando parla.
Quando parlai una volta;
chiesi cosa era quel fumo denso dai comignoli,
il vecchio 6243 mi disse: Sono le anime degli ebrei
che vanno sul cielo di Auschwitz!
Questo mi bastò per sapere tutto sulla vita,
questo mi bastò a capire che chi volava
in cielo continuava a vivere e testimoniare
la sua muta condanna contro ogni
disumana forma di oppressione.
27-01-2014

Sopra il letto
foglie, luce;
spettri obsoleti interpretano uragani,
persi nello specchio.
Scoppiettante tocco di follia
Notte smaltata
caldo rifugio il suo grembo,
baciare il cuore che batte
scolpito nella creta,
bagno spirituale.
GAN 131014

Sovente un' ansia
(comincia cosi, come sempre) un desiderio vivo
gesti antichi...
avvenire inerme
tra sconcerto e incanto
il mistero
poi il bagliore
trafigge le forme
sicché tu possa
di calda luce abbagliante
infusa
dove si compie l' aurora
dei sogni
aldilà di queste mura
compiere un disegno
in un mondo di parole buttate
qua e là.
20914
(trittico poetico.)

Spietata notte

Spietata notte che arriva silenziosa all'imbrunire
sulle cose e la gente ,
su le storie di sempre,
sul cemento, sul povero grillo e il suo lamento,
sul rigurgito del giorno, sull'ultimo vagito.

2009

Statua

Gli occhi fissi,
il corpo tremante d'inquietudine,
le mani cercanti
nel roseo tramonto,
ride; sì ride
slanciata in tutto l'amore.
Sante visioni di natura intorno
Svestita, pare marmo severo.

2014

Stella cadente

Stanotte no! non alzerò lo sguardo al cielo
per vederti strappata al tuo manto blu.
no! non guarderò la tua scia mentre ti stagli nella striscia
dell'orizzonte,
non voglio vederti morente nel nero sudario,
per poi esprimere il desiderio di averti lucente tra le mie
braccia!

2012

Tempo d'estate

Tempo d'estate,
con spiccioli di stelle
acquisterò un cielo
cobalto,
con una manciata
di sorrisi conquisterò
il tuo amore.
Tempo d'estate
Sulle rive del tempo
Danzeremo con piccoli passi
Non avremo bisogno di soldi
andremo insieme incontro al mattino
Sventolando i pochi abiti
Come una resa

120614

Ti adoro

Ti adoro come tu fossi luce per me,
che fino ad ora credevo essere cieco.
Hai suonato melodie che sentii mai, prima d'ora.
Hai riempito di gioia ciò che di questi anni era solo effimera
illusione.
Ti adoro, vorrei godere ogni istante appieno della tua bellezza.
Tu eri come foglia in balia del vento;
io vascello in preda alla tempesta,
ma il fato o chissà e' giunto a noi nell'incontro
come ad una festa,
ora sei fiore di ginestra che al sole s'apre splendente di fierezza.

2014

Tra gli ulivi

E quando alzava da me il turgido seno,
il bronzeo volto,
i ricci fulvi;
il tramonto colorava le sue labbra,
le sue balde forme.
Curva, stornellava,
gli ulivi
di sorriso incorniciava;
poi un'altra volta su di me si chinava.

2014

Tracce di poesie dipinte

Percorso poetico di tracce,
di memorie ancestrali.
Riflessi di sentimenti nell'anima
trasferiti nel candido foglio, prendono forma. ...
Giunge in questo metodo la trasmigrazione
dell'interiorità dell'artista.
Come note musicali sullo spartito,
sparse qua e là
apparentemente insignificanti simboli.
Figure trasmettono quel che modellano ai nostri occhi,
come animali appena abbozzati di un graffito primitivo;
questi emblemi, raffigurazioni, nascondono un incantesimo ...
il sortilegio dell'immaginario.

29-9-2010

Treno

La vicinanza ci porterà eventi,
noi che abbiam lanciato i nostri baci ai 4 venti.
La lontananza ci porterà dolore,
noi che avremo sparso al vento AMORE.
Su una cosa son certo;
quel velo di sorriso mi porta conforto,
sospiro e il freddo mi sostiene
quanto vale un amore ; le sue pene?
Forse più di trenta danari?
Ma tra non molto sarò; su quei binari.

17414

Tu sei

Tu sei la mia meridiana..
Lo zen del mio spirito..
Lo schianto del tuffo al cuore..
L'ostinazione del vivere. ...
La costante ragione..
Il pensiero che non si esaurisce.

11-08-2011

Una volta si andava a piedi nudi a raccogliere carità,
si viaggiava per il mondo alla ricerca della verità,
spesso si trovava un pezzo di pane con umiltà.
Ora la ragione o il pensiero cocente
è solo la ricerca del presente,
il carpe diem
il cogli al volo
ma dimmi se poi il tuo volo
non spicca
dove vai a sbattere
la faccia?

15414

Venere

Se poggio il mio volto al tuo
voglio sentire Il fresco dei tuoi capelli
leccare i tuoi lobi
scorrendo dolce la lingua
sul tuo collo sino a raggiungere
i seni turgidi come colline
ambrate di sole.
Avventurarmi nel percorrere il tuo ventre
sino al centro del tuo corpo
scivolando sul monte di VENERE.
Voglio l'odore della femminilità!
L'umido antro roseo che palpita!
quel pertugio profumato dolce aspro!
Che gonfia le mie voglie
che fa crescere le vene.
Che soddisfa il nostro piacere.

02-06-2014

Vieni a me, se mai altra volta
porgerai ascolto alla mia voce,
poggiandoti su passi leggeri
abbandonata la tua dimora
e vorrai stringerti in un abbraccio;
cosa che il mio animo folle vorrebbe
più di ogni altra,
se fuggi, inseguirai e se non accetterai doni,
donerai, ma se non ami, presto o tardi amerai.
Volevo domandasti alle stelle, cosa di nuovo
avrei voluto per me...
immortale tessitrice d'inganni;
vieni a me e liberami dai tormentati affanni
e si avveri tutto ciò che il mio animo brama,
avveralo tu.
Mesci bevande aromatiche in questo Tempio,
con incesi e prati rigogliosi di fiori,
qui tu dona a me il calice di nettare...
infuso di letizie. 301114

Violino solitario

Stride sul far della sera un lamento sottile
violino solitario
un dolce abbandono
anima solitaria
e tu dolce ragazza bruna
stai lì con il ventre acerbo
sogni di farfalle che riempiano il tuo stomaco
di carezze grezze, di baci dal nuovo sapore
e si fa sera tra le tue chiome.
Chiudi i tuoi grandi occhi
voli su nuvole rosa
su ogni cosa
in arcobaleni in fantastiche illusioni.

3314